Pour Andrée

LE BAISER MALÉFIQUE

Adaptation de Robert Soulières
Illustrations de Stéphane Jorisch

OVALE

Rose Latulippe est une jeune fille d'une beauté remarquable. Elle aime les jolies robes, le plaisir et la danse. Elle aime la danse à la folie.

Rose a seize ans et elle est fiancée à Gabriel, un garçon du village voisin. Le mariage est d'ailleurs prévu pour Pâques.

Depuis plusieurs jours, Rose tourmente son père pour qu'il donne une fête à l'occasion du Mardi-Gras.

— Oh! je vous en supplie, j'aimerais tellement cela. Danser, chanter, manger, rire et encore danser et danser. Dites oui, je serais tellement contente.

Mais le père Latulippe reste silencieux.

Sa femme, Françoise, se demande combien de temps son mari va résister. Car d'ordinaire, il ne dit pas non très longtemps à sa fille unique.

— Oh! père, une dernière fête avant mon mariage, poursuit Rose. On pourrait inviter tous les gens des rangs d'alentour. L'oncle Antoine aussi et tante Armande, votre soeur, que vous n'avez pas vue depuis le printemps dernier.

De guerre lasse, le père Latulippe accepte.

— Bon, c'est d'accord. On va donner une grande fête pour souligner le Mardi-Gras, mais à une condition, ma fille. Comme l'exige la tradition, je ne veux pas que l'on danse sur le mercredi des Cendres. Les réjouissances doivent se terminer à minuit précis.

— C'est promis. C'est promis, s'écrie Rose, sautant de joie à l'idée de danser toute une soirée.

Finalement, le Mardi-Gras tant attendu arrive.

Dehors se déchaîne une tempête de tous les diables. Un vent terrible fait tourbillonner la neige sur les battants des fenêtres.

Comme pour se moquer de la rigueur de l'hiver, la fête bat son plein dans la maison des Latulippe. Les invités font honneur aux plats. La musique répand une gaieté irrésistible.

Rose danse sans arrêt; très peu avec son fiancé Gabriel, mais beaucoup avec les autres. Elle saute, valse et virevolte comme une feuille au vent.

Soudain, vers les onze heures, on entend frapper très fort à la porte. Un lourd silence s'installe.

— Qui peut bien arriver à cette heure-ci? interroge Françoise.

Lentement le père Latulippe se dirige vers la porte, puis après avoir hésité un instant, l'ouvre brusquement.

Un grand gaillard, tout blanc de neige et de frimas, se dresse devant lui.

— Avec cette bourrasque, je me suis trompé de route et je ne sais plus où je suis. On ne voit ni ciel ni terre. Puis-je entrer quelques minutes pour me réchauffer?

— Mais très certainement. Joignez-vous à notre fête, répond le père Latulippe, le plus chaleureusement du monde.

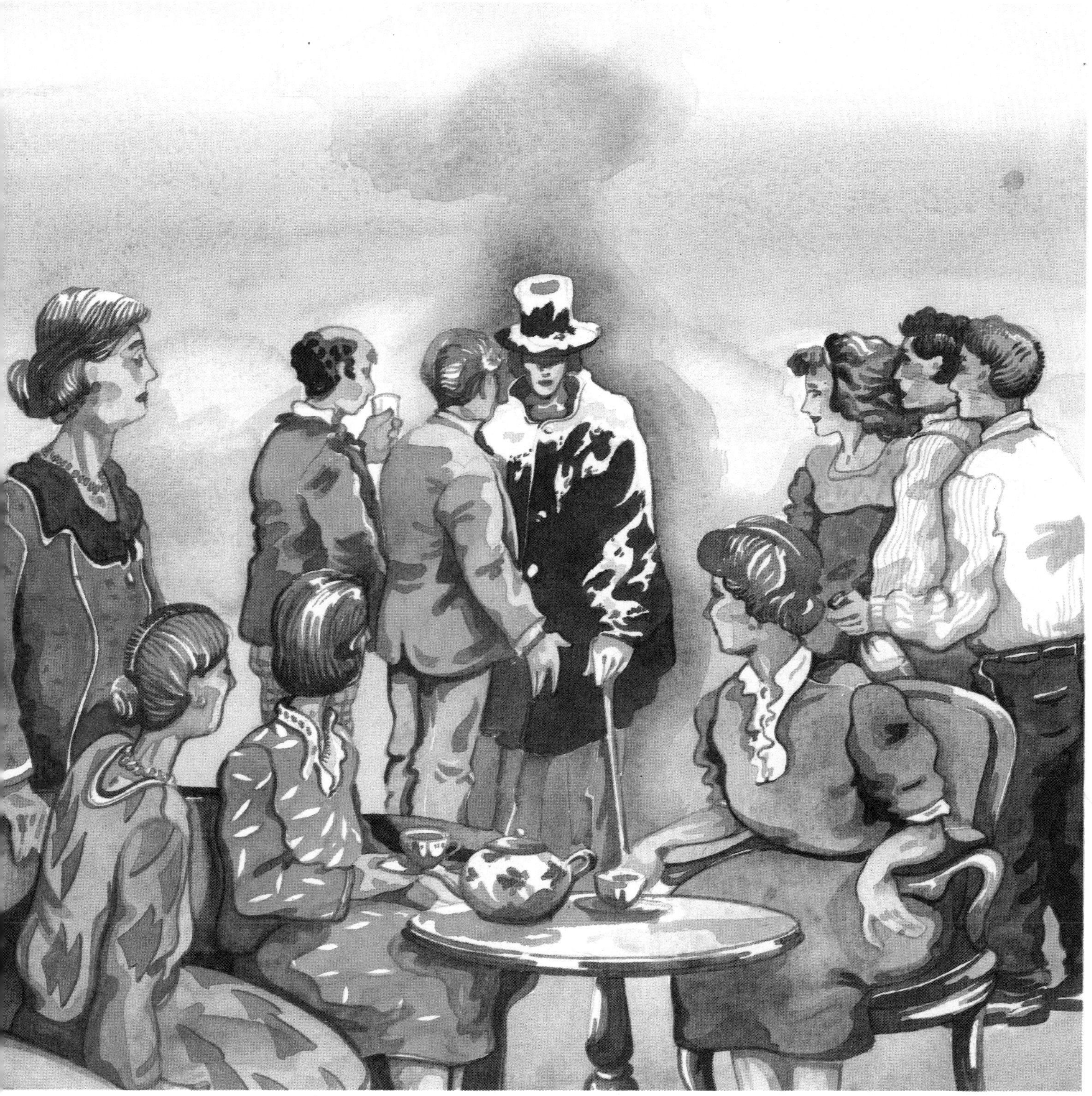

L'étranger enlève son manteau couvert de neige. Les convives découvrent un beau jeune homme élégant. Son habit de velours, de soie et de fine dentelle impressionne tout le monde.

Chose curieuse cependant, il insiste pour ne pas se débarrasser de son chapeau et de ses gants. On murmure qu'il vient sans doute des paroisses d'en-haut où cette mode peut fort bien exister.

— Quelle grâce, quelle élégance! chuchote Armande Leclerc en contemplant le nouvel arrivant.

— Il garde son chapeau et ses gants! Un caprice de seigneur, c'est certain, fait remarquer Alexis Beausoleil.

Puis en prenant son sourire le plus charmeur, l'inconnu prononce d'une voix assurée:

— Ne me voyez pas comme un trouble-fête. Poursuivez vos réjouissances comme si je n'étais pas là.

L'oncle Antoine jette un regard par la fenêtre et s'écrie:

— Sacré nom de nom, quel beau cheval il a!

Plusieurs curieux se précipitent à leur tour aux fenêtres et se pâment d'admiration pour la magnifique monture.

Les yeux farouches de l'animal semblent de braise. Ses naseaux fument abondamment. Curieusement, les sabots du cheval portent sur la terre. La neige a fondu autour d'eux. Alexis n'en croit pas ses yeux.

Le père Latulippe invite le visiteur nocturne à loger sa bête à l'écurie.

— Prenez un verre, nous allons faire dételer votre cheval.

— Non, répond fermement l'inconnu. Je suis pressé et je ne resterai que peu de temps. Dès que la tempête se calmera, je reprendrai la route.

— Comme vous voulez, acquiesce tout bas le père Latulippe, étonné par ce refus.

Après avoir observé longuement toutes les jeunes filles du bal, l'étranger se dirige vers Rose pour lui demander si elle accepterait de danser avec lui.

Rose ne se fait pas prier.

— Avec joie, répond-elle, ravie.

Après une première danse, suit une deuxième.
Puis une autre et encore beaucoup d'autres.
Rose ne peut plus se dégager de son partenaire.
Comme si leurs corps étaient soudés l'un à l'autre.

— Il danse avec tant d'élégance et de
souplesse, remarque Françoise. Ma foi, il danse
presque aussi bien que ma fille!

Tout à sa joie, Rose a complètement oublié
Gabriel, son fiancé.

Gabriel, retiré dans un coin du salon, est seul et triste.

—Eh bien, on a un rival, ricane méchamment Abélard.

Mais comment a-t-elle pu oublier l'été merveilleux que l'on a passé ensemble? songe le fiancé éconduit. Nos ballades amoureuses en forêt. Nos promesses. Mais comment a-t-elle pu oublier?

— Que signifie cet air d'enterrement? Fais comme ton aimable fiancée, lance Alexis. Sois gai avec tes amis, danse, bois, amuse-toi, car la jeunesse ne dure qu'un temps.

— Ne t'en fais pas, va, elle reviendra, lui murmure l'oncle Antoine en lui tapotant l'épaule.

Mais Gabriel n'entend rien.

Ce soir, le malheur est plus fort.

Soudain, le premier coup de minuit sonne au milieu d'un rigodon. Le père Latulippe regarde l'horloge. Musiciens et danseurs figent sur place. Les violons se taisent. Un à un, les douze coups de minuit s'égrènent avec une sinistre lenteur.

Seul l'étranger conserve son calme et son audace.

Rose affiche la même assurance. La tête penchée sur l'épaule de son cavalier, elle sourit.

Le père Latulippe demande que l'on termine le bal.

— Il est minuit, dit-il. C'est le mercredi des Cendres, je vous demande, pour respecter la tradition, de ne plus danser.

Rose Latulippe esquisse un geste pour se dégager, mais son jeune compagnon la retient.

— Dansons encore. Cela va si bien, pourquoi s'arrêter, lui dit-il avec un large sourire.

Envoûtée, Rose ne peut résister à l'invitation. Ses pieds mignons et agiles effleurent à peine le sol. Elle est complètement grisée par le plaisir. Tant et si bien que le couple danse rondement sur le mercredi des Cendres.

Les autres convives ont obéi sur-le-champ. Alexis, Antoine, Armande, tous sont scandalisés par la témérité du jeune couple. Un seul violoneux, comme s'il était dirigé par une puissance mystérieuse, continue sa musique infernale.

La danse terminée, l'étrange seigneur conserve dans sa main celle de la belle Rose. Puis il lève son verre et crie:

— À la santé de Lucifer, notre Roi et Maître!

Ses yeux lancent alors deux gerbes de feu. Une longue flamme bleue jaillit de son verre, faisant reculer les invités remplis de frayeur. Puis ses lèvres enflammées se posent brutalement sur la bouche de Rose. Pétrifiée de stupeur, elle ne bouge pas.

Le tonnerre fracasse le ciel dans un bruit effroyable. L'inconnu, au milieu des cris et des hurlements, disparaît dans un tourbillon de flammes et de fumée.

Affolés, tous se sauvent en faisant le signe de la croix.

Toute la nuit, le village est bouleversé. La nouvelle de la catastrophe s'est répandue comme une traînée de poudre.

— Le diable en personne, ma chère!

— Il a filé à l'épouvante, plus vite que le vent, laissant derrière lui l'étable du père Latulippe en flammes.

— On raconte qu'il a fallu plus de vingt hommes pour maîtriser l'incendie.

— C'est incroyable, quelle malédiction pour les Latulippe!

— J'ai eu la peur de ma vie. Par chance, je n'ai pas dansé avec lui.

Qui aurait cru? Un si bel homme...

À l'aube, Rose Latulippe a vieilli de cinquante ans.

Ses cheveux ont la couleur de la cendre. Ses traits sont tirés et sa peau flétrie.

Sur ses lèvres, roses et superbes la veille, une cicatrice de brûlure toute fraîche: la trace du baiser du diable.

Rose regarde ses pieds en sanglotant. Elle peut à peine les bouger.

Tel fut le dernier Mardi-Gras de Rose Latulippe.